KB005892

꽃처럼 너를 사랑한다

꽃처럼 너를 사랑한다

2020년 4월 17일 초판 1쇄 발행
2020년 4월 17일 초판 1쇄 인쇄

지은이　　│황태옥

인쇄　　　│아래스트
표지　　　│이랑 스튜디오

펴낸이　　│이장우
펴낸곳　　│꿈공장 플러스
출판등록　│제 406-2017-000160호
주소　　　│경기도 파주시 헤이리 예술마을
전화　　　│010-4679-2734
팩스　　　│031-624-4527
이메일　　│ceo@dreambooks.kr
홈페이지　│www.dreambooks.kr
인스타그램│@dreambooks.ceo

ISBN　│979-11-89129-57-6

정 가　│12,000원

꽃처럼 너를 사랑한다

시인의말 8

첫 번째 이야기, 봄 _ 꽃이 피는 이유

네 번째 이야기, 겨울 _ 행복하기 딱 좋은 날

다섯 번째 이야기, 희망 _ 여행을 떠나요

바람, 그 누군가에게…

누군가에게
꽃이 되고
나비가 될 수 있다면

누군가에게
별이 되고
밤하늘이 될 수 있다면

다른 누군가에게
나무가 되고
그늘이 될 수 있다면

모든 누군가에게
바람이 되고
설렘을 줄 수 있다면

나도 누군가에게
그 무엇이 될 수 있다면
되어서 희망을 줄 수 있다면…

이 시가 여러분의 행복한 삶에
바람 같은 역할을 했으면 좋겠습니다.

2020년 언제나 봄,
황태옥

첫 번째 이야기, 봄.

꽃이

피는

이유

봄소식

곧 봄 오겠지
너를 데리고

봄을 기다리는
내 곁에 오겠지

나처럼
웃으며 오겠지

너

내 마음속에
비집고 들어와
꽃으로 피었다

꽃 좋아하는 날
어떻게 알고

간절한 소망

봄을
화들짝 깨워놓고
두 손 모았다

햇살 끝에 묻어있는
행복 씨앗

뚝뚝
떨어지라고

꽃 사랑

행복한 마음으로
즐거운 마음으로
꽃을 사랑한다

너를 닮은 마음으로
꽃처럼 너를 사랑한다

내 가슴에
네 생각으로
꽃밭을 만들고
하트를 그린다

그 아래
너라고 적는다

쉿 숨죽이는 봄날

꽃 비에 물든
그대 흔적

내 마음
들킬까 봐

쉿!
숨죽이는 봄날

꽃비 수다

꽃비 내리는 날은
예쁜 찻잔에
커피를 마시고 싶다

찻잔 속에
우리 이야기를 담고

찻잔처럼
분위기 있게

찻잔처럼
향기나게

웃음꽃 터뜨리며

비가 내린다

한 방울
두 방울
봄비로 내린다

꽃망울
터뜨리기 위해
조심조심 내린다

사랑처럼
그리움처럼
가슴에 내린다

웃음꽃
터뜨리겠다며 내린다

너 닮은 꽃

꽃이 피었네
겨울을 이겨내고 피었네

꽃이 피었네
꽃을 보며
꽃처럼
웃어보라며 피었네

너 닮은 꽃
네 생각나게 핀 꽃

꽃망울

새싹이
봄비를 기다린다

타닥타닥
봄비가 내린다
잎이 웃는다

꽃을 피우겠다는 다짐까지
내보이며 웃는다

봄비가 내린다
그대 생각

사랑으로 돋아나게
내 마음에도 내린다

꽃비 속 두 여인

벗꽃으로
우산을 펼쳤다

그대와
꽃비 속을 걷고 싶다

참
많이 그립다

그 꽃

얼마나 보고 싶었기에
떠나고 싶다고 했을까

얼마나 그리웠으면
떠나갔을까

얼마나 아쉬웠으면
다시 왔을까

지난봄에 핀 꽃
올봄에 다시 핀 꽃

벚꽃엔딩

벚꽃이 졌다

진 자리에
그대 생각
내 생각

꽃으로
피우기 위해 졌다

져도
밉지 않다

그대가 좋아

벗꽃이 참 좋다
화려해서 좋다

하늘에 수놓은 꽃처럼
사랑하는 마음 느껴져서 좋다
그대 생각나게 해서 좋다

하늘
땅
별만큼
그대가 좋다

들 꽃

너를 보니 참 예쁘다
가까이 보니 더 아름답다
코끝으로 향기가 번진다

너는
나의 꽃

내 가슴에 핀 꽃

봄꽃처럼 화사하게

보이지 않는 곳에서
응원한다

먼발치에서도
네 생각이
봄꽃처럼 떠오른다

오늘도
빛나는 하루 만들어 보렴

모르는 곳에서도
보이지 않는 존재감으로
주위가 빛날 수 있는 사람이 되렴

간절한 기도가
먼 타국까지 전해져
너의 가슴에 담겼으면

언제나 봄

벗꽃 지고 나면
그 자리에
또다시 여름이 오지만

그대 생각
꽃으로 핀 내 안은
늘 봄

웃을 때마다
향기가 나는

언제나
봄

운동장에 핀 꽃

학교 운동장에
꽃이 피었다

누굴 닮아
이렇게 예쁠까

저 아이일까
이 아이였을까

아니, 아니
마음이 아름다운
딱 한 아이

학교라는 커다란
한 아이

원동초등학교

내 눈에 흐르는 비

봄비 내리는 날

벚꽃 공원에
눈물이 흐른다

눈물 위로
봄이 간다

그리움은 남겨 두고
벚꽃을 밟고 간다

참 그립게
애가 탄다

봄은 너의 미소에서

너의 미소는
언제나 봄

봄은
너의 미소에서

너의 향기에서
나에게로 온다

내 안은
언제나 봄

꽃이 피는 이유

보았습니다
내 안에
꽃이 피었다는 사실을

느꼈습니다
내가 사랑하는
그대도 꽃인 것을

그래서
꽃이 핍니다
서로를 확인해 가며 핍니다

두 번째 이야기, **여름**.

너를

만난

이후

웃었다

위하여

희망을 들었다
너와 같은 마음으로

사랑하는 마음을 담아
넌 나를 향하고
난 너를 바라보면서

서로 가슴에 부딪힌다

위하여
우리 행복을 위하여

도전

꿈이 있다는 것은
목표가 있다는 것

힘들다는 것은
도전할 가치가 있다는 것

그래서
목표와 도전으로
날마다 성장하고 있다

나처럼
지금 나처럼

소식

궁금해요
그대 안부

궁금해요
그대의 생각

궁금해요
궁금해요

나도 모르면서
너까지 알고 싶어

선물

똑똑
선물 배달 왔어요
받아 주실 거죠

작은 정성이
큰마음으로 바뀌어
사랑, 존경, 감사로

똑똑
그 선물
나부터 당첨

그대에게 배달

다짐

미루지 말자
귀찮아하지 말자

그런 다음
미치도록 몰입하자

약속을 한다
내가
나에게 약속하고

그대 생각으로
보증까지 세운다

나만의 길

물러서지 마라
무작정 달려가라

포기하지 마라
당당하게 가라
우뚝 설 수 있게 가라

내 앞에
내가 섰다

나보다
더 큰 의미로
웃으며 서 있다

길

나만의 길
앞으로
앞으로만 걸어온 것
참 잘하는 일

나만의 꿈을
앞으로
앞으로만 펼쳐가는
진짜 잘하는 일

내 가슴으로
내 미래로

꿈을 현실로

꿈 그대로
생생하게 기억하자

꿈 그대로
부지런히 움직이자

생생했던 꿈들
다시 꿈으로 꾸게

현실로 이루자
꿈 그대로
꿈 이대로

너에게로 부터

부족, 부족
노력, 노력
행복, 행복
감사, 감사

그러다
결국
너에게 동그라미를 쳤다

너로 인해 비롯되고
너로 인해 얻어지고

좋아하는 이유

없다

내가 너를 좋아하면
내가 더 행복해지는 이유 외에

다행

너의 행복은
나에게 백배가 되고

너의 웃음은
나에게 천 배가 되고

너의 사랑은
나에게 만 배가 된다

그걸 이제 알았다
너를 알고 알았다

운 좋은 사람

운 좋은 사람은
아름다운 사람

운 좋은 사람은
지혜로운 사람

하지만
정말 운 좋은 사람은

나처럼
좋아하는 사람을
좋아하고 있다는
사실을 아는 사람

최고의 선물

언젠가 행운이 찾아오겠지
누군가 나타나 행복을
선물할 테니까

그러다 알았다
그 사람이
나라는 사실

나에게 내가
최고의 선물이라는 것을

투자

당신을
공짜로 받은 줄 알았는데

내 인생
전부를 걸고 받았다

당신에게
내가 그렇듯

나
성공한 투자 했다

난 내가 참 좋다

나는
내가 좋다

긍정적인 생각
활짝 웃는 모습

나는
내가 참 좋다
거울 속에 내 모습

나는
지금

나와 연애 중

그냥 좋은 사람

네가 좋아서
그냥 널 생각하고 있어

말을 하지 않아도
아니
생각만 해도
느낌이 좋은 사람

나는
그런 사람이 좋아
그게 너고
이게 나야

참 멋진 당신

나에게
가장 소중한 사람은

지금 여기
이 자리에 함께 있는 당신

멋진
내 존재를 인정해 주는
참 멋진 당신

비밀이지만

어제도 취하고
오늘도 취했다

술에?
아니

너에게

매력

내 안이 궁금해
들여다보았다

꿈을 꾸듯
내가 나에게 취해 있다

역시, 나
사랑할 자격 있다

너를 만난 이후 웃었다

너를 만난 후
웃음이 생겼다

괴로움뿐이었던 삶에 웃음이
따뜻한 눈빛으로 찾아왔다
밝은 얼굴로 만났다

내 생각이
너를 향해 움직였다

긴 터널 속
어찌할 수 없었던 과거
고독이 사랑으로 다가왔다

나는
가슴 가득 향기를 담고
전설 같은
사랑을 꿈꾸는 여인이 되었다

세 번째 이야기, 가을.

가을이

익는

날

가을이 익는 날

채움이 무엇인지 아는 순간부터
우리는 가장 아름답게 익는다

삶에서 여유를 찾고
다시 그곳에 채워 넣을 때
비로소 행복을 느낀다

그 행복에
우리 삶이 물들어가는 날

가을이 익어간다
우리 삶이 익어간다

향기

그대
아름다운 향기에 취해

그만
침묵의 늪에 빠졌다

생각할수록
더 행복이 느껴지는
네 생각처럼

가을 여인

나는
벌써 그곳에 서 있다

뭉게구름 타고
길 위를 달리고
뛰어가서

이미 난
그곳에 서 있다

하늘빛이 곱고
꽃잎이 떨어지는
그곳에

이미
가을이 되어 서 있다

사랑 길

가고
또 가다 보면
그대가 보이겠지

걷고
다시 걷다 보면
그대를 만나겠지

그래서 가고 있다
내 안으로

그래서 걷고 있다
그대 생각 속으로

가을 흔적

단풍은
낙엽이 되어
떨어지게 되지만

마음속
곱게 담긴
그대 흔적은

그대로
머물게 됩니다

내 안에
코팅되어 있으니까
인생 책갈피에 담았으니까

부치지 못한 편지

보고 싶어요
보내기 전에
수백 번 생각했습니다

적었다 못 보내고
적었다 못 보내고

부치지도 못하면서
적기만 했던 편지

내 가슴은
그 편지
모아둔
우체통

가을에 빠진 사랑

책은 가슴으로 만난다
그렇게 만난 책은
뜨겁다

책과 사랑에 빠진다
사랑하는 나는
가을이 좋다

춤을 추듯
일상이 들썩인다

가을에 만난 책은
삶을 춤추게 한다

나쁜 버릇

생각합니다
그대 생각

또 생각합니다
그대 생각

온종일
그대 생각만 합니다

버릇이 되어도
행복합니다

가을 상처

아무리 예쁜 사랑도
시간이 지나면
아픈 상처로 남을 수가 있고

아무리 예쁜 말도
시간이 지나면
기억조차 남지 않을 수 있습니다

아무리 좋은 물건이라도
시간이 지나면
시간이 지나가면
손조차 가지 않을 수 있습니다

모든 것은 지나갑니다
내 안에
꼬깃꼬깃 쌓아 둔
너와의 추억을 제외하고는

기다림이 만든 자리

그대에게 내가
의자가 되어 줄게요

그때부터 지금까지
내 가슴은

늘
빈자리

가을 그리움

내게 당신은
그리움

생각만 해도 좋고
다시 생각해도 좋은

그리움
그리움

끝이 어딘지 몰라
그래서 더 좋은

내 그리움

널 생각하면

널
생각하면
보고 싶다
내 그리움에 느낌표

널
생각하면
달려가고 싶다
내 마음에 또 느낌표

널
생각하면
심장이 멈추는 뜨거움에
다시 느낌표

가을이 준 선물

당신에게 전해 줄
편지를 적고 있습니다

그리움이 쏟아집니다

그대 생각하는 내 안에
사랑이 담깁니다

그대 향해 미소 짓습니다

가을날
편지를 적는 것도 행복입니다
당신이 선물한 행복입니다

새벽 비

빗방울 소리에 눈을 떴다
창문을 열었다

하늘은
빗줄기를 휘몰아친다

새벽을
뒤흔드는 소리는

보고 싶은
너의 벨 소리인가

그대 그리운
내 가슴에서도

굵은 비는
계속 내린다

가을 산책

밤새
비가 내렸나

산책길
단풍 위로
이슬이 예쁘다

산새 소리 정겹고
가을 향기 상쾌하다

햇살이
나무 사이로
예쁜 하루를 연다

아침이다
나뭇잎 곱게 물든
가을 아침이다

영국의 비

비가 내린다
시도 때도 없이
내리는 비

오다가 내리고
가다가 내리고

다행이다

내 사랑이
변덕 많은 비를
닮지 않아서

가을과 데이트 중

눈 시리게 푸른 하늘
바람 한 점 없는 들판
가을과 데이트 중

따사로운 햇살에
엄마 품속
풍성한 젖가슴처럼
고개 숙인 벼 이삭

논두렁에
첫사랑 눈빛으로 핀
코스모스

가을과
지금 데이트 중

참이슬

아침
여전히 그리운 걸 보니
그대 생각에 취했나

어젯밤
이슬은 안 마시고
그대 생각만 마셨나

가을 행복

행복할 때 나의 심장은
가을 햇살이 내리쬐는
따사로움입니다

행복하기 때문에
나의 심장은 억새 앞에서도
그대로 서 있습니다

너무 행복해서
가을 들판에 핀 야생화를
바라보는 마음입니다

여유 있는 마음으로
이 자리에 있습니다

가을입니다
끝없이 넉넉한 행복입니다

그리움

네가 있어
가을 타나 보다

가을이 오면

가을이 속삭인다
가을바람이 토닥여준다

넌 할 수 있다고

가을이 속삭인다
가을바람이 토닥여준다

좋은 일
행복한 일

기쁜 일들
가득할 거라고

꿈꾸는 사랑

희미한 세상

나에게
빛이 되어 준
단 한 사람

그 사람이
이 사랑이

세상 다 가진
그대였으면

네 번째 이야기, 겨울.

행복하기

딱 좋은 날

행복의 시작은

새로운 아침의 시작
난 오늘도 행복해

너 보고 있는 나
보이니

행복의 시작은
바로 너

행복한 마음

행복한 마음은
사람을 따뜻하게 하고

행복한 마음은
사람을 따르게 하고

행복한 마음은
나를 돌아보게 한다

너처럼
지금 마음처럼

행복하기 딱 좋은 날

행복 이어가기

행복하시죠

살다 보면
지금보다 아프고
힘든 일이
생길 수 있습니다

마음이 흔들리고
갈피를 잡지 못해
상처받을 수 있습니다

그럴 때마다
잊지 마세요
지금의 행복을 기억하세요

그래서
내일도 오늘처럼
행복해야 합니다

행복 클로버

커피잔에
행복을 띄웠습니다

그대 잔에도
행복 띄워 드릴게요

너 행복 두 잎
나 행복 두 잎

우리
네 잎 클로버 되게

행복한 너

눈 감았다
너의 얼굴이 보인다

길을 걸었다
너랑 함께 걸었다

식사를 한다
너랑 마주 앉았다

커피를 마신다
너를 마신다

넌 행복

황홀한 고백

온종일
아무것도 못 했다

행복
그대 생각 외에는

행복한 길

혼자
걸어가는 길에는
애틋함이 따라오고

둘이
걸어가는 길에는
사랑이 따라서 온다

셋이
걸어가는 길에는
여유로움이 묻어나고

어울려
걸어가는 길에는
행복이 펼쳐진다

너 나 우리
행복을 수놓아가며
걸어간다

행복선물

아침에 눈 뜨면
너부터 생각나고

길을 걷다가도
네 생각 하고 있고

저녁 눈 감으면
네가 다시 생각난다

너는 내 인생
날 행복하게 만드는
선물

행복한 커피

커피잔 속에
네 얼굴이 보인다

커피를 마실 때마다
널 생각해서일까

오늘도 나는
행복을 마신다
네 생각을 마신다

보고 싶게
더 그립게 마신다

행복한 밥상

사랑이 가득한 식탁
배려 넘친 국그릇에
애교로 버무린 반찬들

차려놓은 음식만큼
행복이 펼쳐진 식탁

수저 소리에
저절로 미소가 번진다

오늘도
행복한 아침 식사

행복한 이유

맑은 아침
상큼한 마음

너무나 행복해
눈을 감는다

오늘도 마무리할 때
'행복해'
이 마음 들겠지

어제처럼
그제처럼

나에게
그대가 있으니까

행복이 온다

행복하다
행복인 줄 몰랐던
순간도 행복이고

행복한 지금도
이어갈 행복이다

너도 나처럼
행복했으면 좋겠다

내가 널 사랑하니까
사랑만큼 더 보태
나보다 네가 더
행복했으면 좋겠다

행복 만들기

혼자는 외로워
둘이 되고 싶습니다

혼자 사랑은
고독입니다

그래서
그대와 사랑을 나누렵니다

그대는
행복이니까

나도
그대의 사랑이 되고 싶은
행복이니까

행복하다는 것

행복하다는 것은
내 안에 계속 머물러
함께하고 싶은 마음

보고 또 봐도
보고 싶은 마음

전화를 끊어도
여운이 계속 남아
그 흔적 느끼고 싶은

아 그것이 행복
행복하다는 것

행복 마술사

보면 볼수록
매력적인 사람

바로 당신

그게 나고
이게 나고

행복했으면

알고 있나요
그대가 나를 많이
사랑하고 있다는 사실을

그럼요
난 그대를 사랑하는 마음으로
일상을 맛나게 사는 걸요

앞으로
지금처럼
그대를 사랑하려고요

지금처럼만
앞으로도 쭉 지금처럼만
행복했으면 좋을 것 같아요

행복 찾기

지금 행복 따라 하기
늘 행복 데리고 다니기
새로운 행복 찾기

찾았다

세상에서 가장 행복한
나를
내가 찾았다

행복한 도전

네
힘듦과
어려움을
포로로 잡고
미소와 교환하는 멋쟁이

삶을
행복하게 만드는 메신저

난 행복이야

불만과 불평이
서로 예쁜 짓 한다

내가 더 예뻐 난 불만
아냐 내가 더 예뻐 난 불평

잘난 체 하는 둘을 보고 있던
행복이 얘기한다

행복이 가장 예뻐
왠지 알아

난 활짝 웃고 있잖아

행복의 시작과 끝

행복의 시작은 어디서부터일까
지평선
하늘
산

행복의 넓이는 어디까지일까
바다
해
바람

그러다 알았다
행복은
내 안에 있다는 것을

작은 일에도
웃을 수 있는 여유에 있다는 것을

지금 행복 그대로

오늘을 귀찮아하지 말자
내일이 있다고 미루지 말자

지금을 즐기자
행복해지자

그게
네 생각하며 얻은
선물

이게 지금도
네 생각 계속하고 있는 이유

행복하기 딱 좋은 날

아침이다
창문 열고
양팔을 높이 올린다

그대가 내 안에 들어오게
행복이 창문으로 들어오게
마음을 연다

참
기분 좋은 아침

참
기분 좋은 하루

다섯 번째 이야기, **희망.**

여
행
을

떠
나
요

1월의 희망

새해가 밝았습니다
시작이라는 선물을 받은
벅찬 아침입니다

꿈이 있어도 움직이지 않는다면
도전하여도 실행하지 않는다면
의미가 없습니다

달려가더라도 끝이 보이지 않는다면
날고 싶어도 날개가 펼쳐지지 않는다면
소용이 없습니다

주저하지 마시고 용기를 내세요
꿈을 꾸고 도전해 보세요

당신은 할 수 있습니다
희망찬 1월을 위해

지금, 이 순간

일상에서
가장 소중한 자리
지금 여기

일상에서
가장 소중한 사람
내 곁에 있는 그대

일상에서
가장 소중한 시간
그대와 함께 있는
지금, 이 순간

2월은 기다림의 끝

2월이 좋다
겨울 끝자락에서
봄을 만날 수 있는 2월

봄이 오는 길목에서
참아왔던 침묵을 깨고
얼굴을 내미는 새싹처럼
나는 2월이 좋다

희망이 담긴 새벽처럼
태양이 솟아 오르고
언 땅을 녹여
시냇물 흐르게 할
힘이 느껴지는 2월

2월이 좋다
닫혀있던 꽃봉오리 열 듯
봄을 열고 마음을 열어
내 편 되어주는 2월이 참 좋다

내 마음 훔쳐갔어요

처음
웃는 얼굴에
마음이 끌렸어요

그러다
멋진 목소리에
가슴이 떨렸지요

갑자기
심장이 벌렁벌렁
뜨거워지는 가슴

숨길 수가 없더군요
이것이 사랑 인가요

내 마음 훔친
그대는 첫사랑

3월의 노래

3월에는
노래를 부르고 싶다

진달래 개나리와 유채꽃
꽃잎을 따다가

햇살 고운 연못에 앉아
차를 마시고 싶다

그 차
내가 되어도 좋고
그대가 되면 더 좋고

너만 바라보는 바보

난
오늘도

기억 속의
그 테이블에 앉아
널 생각하고 있다

힘들 각오로
하고 있다

그날 오늘이
너를 만난
첫날이었기에

4월의 속삭임

목련꽃 향기 가득한 거실
모닝커피로 아침을 연다

잠에 취해 있던 나의 육신
부드러운 커피, 따스한 햇볕으로
기지개를 켠다

거실로 들어 온 햇살은
나의 얼굴을 간지럽히고
함박웃음으로 꽃을 피운다

누가 4월을
잔인한 달이라 했던가
4월의 향기가 이처럼 은은한데

4월에는 느끼고 싶다
행복의 속삭임을

바보 사랑

미안해
내가 너무
늦었지

하지만
아니
널 만나기 위해
지금까지 기다려왔다는 사실

5월의 신비

어떻게 할까요
이리도 눈부신 5월을

가슴을 열었습니다
녹색 고운 미소가
한꺼번에 쏟아집니다

어떻게 할까요
살아 있는 이 뜨거움을

어떻게 할까요
어떻게 할까요

사랑으로 식혀야 할
이 뜨거운 5월을
어떻게 할까요

보아요

단 한 번만이라도
작은 속삭임을
느껴보아요

생각보다 훨씬
감미로울 테니까요

단 한 번만이라도
행복한 꿈을 꾸어보세요

하루의 행복이
모두 담겨
달콤해질 거예요

6월의 창가에서

창가에 앉아
액자 속 주인공이 되었다

시원한 바람이 분다
창밖을 내다본다

뭉게구름이 섬처럼 떠 있고
미소가 파도처럼 일어난다

담장에 장미꽃이 만발해 있다
한 송이 꺾어 입에 물었다

내 가슴에 이는 숨결
가만히 귀 기울여본다

나를 유혹하는
6월 창가에서

책 사랑

책
너는 나의 보약
내 영혼까지 살찌게 하는

책
너는 나의 비타민
콩나물 자라듯 성장하게 하는

책
너는 나를 단단하게
성장시켜주는 사랑 덩어리

7월의 바다 이야기

내 어릴 적 바다는 넓었었지
높은 파도는
튜브 탄 내 심장을
터지게 했지

길게 펼쳐진 모래사장
여기저기 텐트의 물결은
피서객들의 쉼터를 만들었지

바다는 서로 싸우지 않았지
서로 화내지도 않았고
서로에게 불만도 없었지

가자
7월의 바다로
뜨거운 열정이 가득 한
그때 그 바다로

여행을 떠나요

발길 닿는 대로 떠나요

누구를 꼭 만나야 한다거나
무슨 일을 해야 한다는 목적 없이
일상을 내려놓고
그냥 떠나요

세상이 달라 보이고
가슴에서 노래가 나오고
그런 기분으로 떠나요
살아 있는 나를 만나러 떠나요

여행을 떠나요
좋은 옷을 갈아입고
좋은 음식을 맛보면서
구름 위를 걷는 기분으로 떠나요

새로운 나를 만날 수 있는 곳으로
여행을 떠나요

8월 소나기 같은 여유

8월입니다
소나기가 내립니다
시원하게 내립니다

파라솔 건너 바다에도 내립니다
찜통더위를 적셔줍니다

소나기를 피해서
사람들이 뛰어갑니다

비를 피해 모인 사람들처럼
우리 인생도 휴식이 필요합니다

일상을 내려놓고
8월의 주인공이 되어

나를 만날 수 있는
여유를 꺼냅니다
내 안에서

블루 타임

여유 있어 좋다
따뜻해서 좋다
편안해서 좋다

모여
모여

난
더 큰일을 할 수 있게
에너지 충전 중

9월에는 노래를

하늘은 높고
말이 살찌는 9월입니다

뜨거웠던 8월은 보내고
9월 앞에 서 있습니다

대추와 감
모든 열매가 익어가겠지요
들판에 곡식도 여물어가겠지요

9월에는
넉넉한 미소로
코스모스를 흔들 수 있는
사랑하는 마음도 가져야겠지요

9월에는
받은 만큼 더 사랑할
내 9월에는

스마일 바보

널 보고 있는
나는 늘 스마일

널 좋아한다는
사실만으로도
행복한데

너까지
날 좋아하면
어떻게 하면 될까

그 생각에
난
시도 때도 없이

스마일
스마일

10월 가을하늘에

가을 하늘에
손편지를 쓰렵니다

떨리는 손으로
그리운 그대에게
보고 싶은 그대에게

하늘 한번 쳐다보고
지우고 또 지워
용기 내어 쓰렵니다

사랑하는 그대에게

가을 하늘이
전해 줄지 모르니까

부재중

오늘처럼
그대가 그리운 날은
전화를 해야겠다

번호를 누른다
바람이 분다
잎이 떨어진다

내 안에
그대 생각으로
메모한 그리움은

여전히
부재중

11월에 다시

밖을 보렴
바람이 세차게 불고 있어

회색빛 하늘
세상이 온통 어두움뿐이야

우리네 삶도 가끔은
흐린 날이 있지

오늘 해가 흐려도 밝은 내일이 있고
오늘 비가 오면 내일은 맑음이지

친구야
두려워 마라 힘들어 하지 말고
오늘의 어려움도
거뜬하게 해결될 거야

11월이 시작인 내 멋진 친구야

좋아하니까

만나자고
밥 먹자고
갑자기 연락 왔다

좋다고
알았다고
바로 답을 보냈다

그대와 나
우리 둘보다 먼저 만나
커피 마시고 있을

그 마음
지금 우리 마음

눈부신 12월에

눈이 내립니다
온 세상이 눈부십니다

유난히 행복했던 한 해
내가 멋진 나를 만나
더욱 빛난 한 해였습니다

사랑으로 가득했고
나눔을 실천한 한 해
감사할 일이 많은 한 해였습니다

세상을 덮은 눈처럼
일 년을 보내고 나니
힘듦과 어려움도
그것마저 보람이었습니다

이 멋진 마음으로 12월을 보내고
눈부신 새해를 맞이하겠습니다

인생이란

가장 힘든 날
오히려
행복하게
미소 지어 보는 것

언젠가
그 사람도
나를 보면 미소 짓게

인생이란
힘들게 한 사람을
오히려 용서하고
다독여주는 것

어디선가
그 사람도 그들을
용서해 줄 수 있게

epilogue

꽃처럼
향기 나고 아름답게
너를 사랑한다

행복한 마음으로
즐거운 마음으로

너를 닮은 마음으로
꽃처럼 너를 사랑한다

영원히